《瞻六堂集》

明　羅萬傑撰

清乾隆三十年餘軒刻本

原書版面高二三八毫米　寬一四九毫米

據汕頭市圖書館[illegible]影印

《潮汕文庫》大型叢書組委會

主　任：顧作義　方健宏　許欽松

副主任：周鎮松　林　濤　陳麗文　方賽妹　羅仰鵬

委　員：許永波　徐義雄　黃奕瑄　邱錦鴻　饒　敏

林　農　劉雨聲　陳荊淮　陳海咏

《潮汕文庫》大型叢書編委會

顧　問：饒芃子　曾憲通　陳平原　陳春聲

主　任：顧作義

副主任：羅仰鵬　林倫倫　徐義雄

委　員：（按姓氏音序排列）

陳海忠　陳漢初　陳荊淮　黃　挺　劉洪輝

倪俊明　吴二持

潮汕文庫·文獻系列

瞻六堂集

（明）羅萬傑　撰
黃樹雄　王纓纓　林小山　整理

暨南大學出版社
JINAN UNIVERSITY PRESS
中國·廣州

圖書在版編目（CIP）數據

瞻六堂集／（明）羅萬傑撰；黃樹雄，王纓纓，林小山整理．—廣州：暨南大學出版社，2016.8

（潮汕文庫．文獻系列）

ISBN 978－7－5668－1648－1

Ⅰ.①瞻…　Ⅱ.①羅…②黃…③王…④林…　Ⅲ.①古典詩歌—詩集—中國—明代②古典散文—散文集—中國—明代　Ⅳ.①I214.82

中國版本圖書館 CIP 數據核字（2015）第 243106 號

瞻六堂集
ZHANLIUTANG JI
（明）羅萬傑　**撰**　黃樹雄　王纓纓　林小山　**整理**

出 版 人：徐義雄
項目統籌：黃聖英
責任編輯：牛　攀
責任校對：黃志波　黃　穎
責任印製：湯慧君　王雅琪

出版發行：暨南大學出版社（510630）
電　　話：總編室（8620）85221601
營銷部（8620）85225284　85228291　85228292（郵購）
傳　　真：（8620）85221583（辦公室）　85223774（營銷部）
網　　址：http：//www.jnupress.com　http：//press.jnu.edu.cn
排　　版：廣州市天河星辰文化發展部照排中心
印　　刷：廣州市新怡印務有限公司
開　　本：787mm×1092mm　1/16
印　　張：12.5
字　　數：220 千
版　　次：2016 年 8 月第 1 版
印　　次：2016 年 8 月第 1 次
定　　價：36.00 圓

（暨大版圖書如有印裝質量問題，請與出版社總編室聯繫調換）

總序

潮汕文化歷千年久遠，底蘊淵深，泱泱廣袤，又伴隨着潮人的遷播而兼收并蓄，獨樹一幟，是中華文明中的重要一脉。

秦漢之前，潮汕囿於海角一隅，與中原殆少來往；自韓愈治潮，興學重教，風氣日開，人文漸著。宋朝文教興盛，前七賢垂範鄉邦；明朝人才輩出，后八賢稱顯於時。明清以來，粵東地區藉毗鄰大海的地理優勢，與域外商貿頻仍，以陶朱端木之業，成中西交匯之勢，造就多元開放的文化格局。饒宗頤等學界巨匠引領風騷，李嘉誠等商海翹楚造福民生，俊采星馳，鬱鬱稱盛。

而今國家穩步發展，蓬勃興盛，潮汕地區憑藉深厚的歷史積澱，務實進取，努力發展傳統文化及其産業，如潮劇、潮樂、潮菜、工夫茶、陶瓷、木雕、刺綉等，保持并革新精巧特色，在世界各地廣泛傳播，備受青睞。更有海外潮人遍布全球，爲經濟文化交流引橋導路，探索共贏模式，拓寬發展空間。

爲促進潮汕文化的傳承與創新，進一步推動潮汕文化『走出去』，在廣東省委宣傳部的大力支持下，海内外學者編寫《潮汕文庫》大型叢書。本叢書包括文獻系列和研究系列，涉及歷史、文學、方言、民俗、曲藝、建築、工藝美術等多方面，囊括影印、箋註、點校、碑銘、圖文集、口述史等多種形式，始終秉承整理、搶救傳統文化的原則，尊重潮汕地區的家學淵源和治學傳統。以一腔丹心，在歷史沿襲中爲文化存證，修舊如舊，求新而不媚俗於新；以一筆質樸，在字斟句酌中爲品質立言，就事論事，求全而不迷失於全；以一紙懇切，在紛擾喧囂中爲細節加冕，群策群力，求深而不盲目於深。惟願以此叢書，提升潮汕文化品位，凝聚海内外潮人，齊心發展，助力騰飛。

在成書過程中，廣東省委宣傳部高度重視，協調汕頭、潮州、揭陽、汕尾市委宣傳部，委託潮汕歷史文化研究中心、韓山師範學院、暨南大學出版社組織編寫與出版。海内外潮學研究專家傾注筆墨，潮汕歷史文獻收藏機構及熱心人士鼎力襄助，更蒙粤東籍一批著名藝術家慷慨捐贈寶貴書畫作品助力出版，在此一并致謝！

《潮汕文庫》大型叢書編委會

二〇一六年七月

《瞻六堂集》影印本前言

黄樹雄　王纓纓

一、羅萬傑生平

羅萬傑，字貞卿，號庸庵[一]，晚歲自號樵夫。生於明萬曆四十一年[二]（癸丑，一六一三）八月十九，卒於清康熙十九年（庚申，一六八〇）六月十二。揭陽人。其先祖羅安，宋時自福建莆田遷至揭陽，佔籍揭陽藍田上洋村（今屬梅州市豐順縣湯南鎮）。至九世祖羅相（號棉川）遷到揭陽縣學宮（今揭陽市榕城區韓祠路）。十一世祖即羅萬傑的祖父羅經泰（字邦恭，號六山）為明萬曆四年（丙子，一五七六）貢士[三]。羅萬傑之父羅拱暘（字端瑛，號衍六）為邑庠生，可見其父祖均為讀書人。羅萬傑之『瞻六堂』，當寓緬懷父祖之意。

羅萬傑之生平，概略可以分為三個時期：

[一]　此據羅基恒《明賜進士第中憲大夫右僉都御史先祖考庸庵公行狀》（載《羅氏族譜》，以下簡稱《庸庵公行狀》）及出土之《羅庸庵墓志銘》。基恒為萬傑子，所言當不誤。饒宗頤先生《潮州藝文》卷十三《瞻六堂集跋》謂羅萬傑字庸庵，一名貞卿。天一閣藏《崇禎七年甲戌科進士履歷便覽》（收《天一閣藏明代科舉錄選刊·登科錄》，寧波：寧波出版社，二〇〇六年），於羅萬傑名下注庸庵，而非貞卿。以該書體例論，也是以羅萬傑字庸庵。其名字是否有更易，俟考。

[二]　《崇禎七年甲戌科進士履歷便覽》謂萬傑生於己未年，當即萬曆四十七年（一六一九）。若此，則其中舉人時僅十二歲，僅十六歲中進士，似不大可能，當誤。

[三]　康熙《上杭縣志》卷十二記有典史羅宗仍，謂相傳為揭陽進士羅萬傑之祖。其名與記載不合，俟考。

（一）中進士及之前時期

羅萬傑『生而穎異。幼佩遺訓，一切史書上口觸目皆如重閲』[一]。他『十歲能屬文』[二]，十五歲中秀才，十八歲中舉人（崇禎三年廣東鄉試庚午科），廿二歲中進士（崇禎七年甲戌科）。在科舉路上，他可謂少年得志，一帆風順。

明制：進士先參加禮部會試，會試入闈之後殿試，羅萬傑會試爲第一百零七，殿試爲三甲第二百名。[三]現存的《崇禎七年甲戌科進士履歷便覽》謂萬傑出『《書》三房』，即『五經』科目選考《尚書》，考卷分在第三房評閲，閲卷官爲王廷垣，廷垣字光復，江西東鄉人，時爲翰林院編修。此即《庸庵公行狀》所言『出編修王公廷垣房』。

明代中後期的殿試，一般是在三月十五舉行，只考策問一道。殿試試題，通常爲廷臣擬題二道，由皇帝欽點其一。而甲戌科殿試，崇禎皇帝親自修改大半，最後的題目爲：

所與共治天下者，士大夫也。今士習不端，欲速見小。茲欲正士習以復道，何術而可？東虜本屬夷，地窄人寡，一旦稱兵犯順，而三韓不守，其故何歟？目今三協以及登津等處，各有重兵防東也。敵不滅，兵不可撤，餉不可減。今欲滅敵恢疆，何策而效？且流寇久蔓，錢糧闕額，言者不體國計，每欲蠲減。民爲邦本，朝廷豈不知之，豈不恤之？但欲恤民，又欲贍軍，何道可能兩濟？即屯田鹽法，誠生財之源，屢經條議申飭，不見實效，其故何歟？至於漕糧爲三軍續命，馬匹爲戰陣急需，折截掛欠，遂失原額原制，其道何復？

今雖東虜猖獗，河套有可復之機，邊外盡可作之事。但難於東虜窺伺，朝野匱乏，近降夷繼至，作何安插？插套連合，作何間破？

流賊漸逸鄖廣，海寇時擾浙閩，剿滅不速，民難未已，兼之水旱頻仍，省直多故，作何挽回消弭？

又唐、宋曾以武臣爲中書令、樞密使，文武似不甚分。我太祖高皇帝曾以直廳爲布政，典史爲僉都，今奈何牢不可破？

[一] 羅基恒：《庸庵公行狀》。
[二] 羅基恒：《庸庵公行狀》。
[三] 《崇禎七年甲戌科進士履歷便覽》。

爾多士留心世務久矣，其逐款對答毋諱。朕將親覽焉。[一]

這一殿試試題，大體分為二問：第一是關於『正士習』的問題，就是如何端正社會風氣的問題，特別是糾正當時士大夫驕奢任性、乖戾妄誕的不良習氣；第二是針對日益迫切的『東夷』（滿族的興起及侵迫）、『流民』（李自成、張獻忠等農民起義）大患，以及隨之產生的錢糧、養馬、屯田和文武官員的分職等問題。應該說，這樣的試題，實是很有針對性和現實感的，能觸發新晉士子去思考。

這一科共錄取進士三百零二名，較常時的三百名定制多了兩名，是崇禎皇帝從淘汰的卷子中重閱錄取的。本科狀元為劉理順。廣東進士六名，潮州府兩名。同科進士中，有陳際泰和吳本泰，與羅萬傑交好，後均曾為羅萬傑詩集作序。

（二）朝廷任職時期

按照明代制度，新科進士均須『觀政』，相當於實習，以熟悉朝廷制度。羅萬傑被派往吏部『觀政』。但得中進士僅一月後，其父去世，萬傑遵禮回鄉守制。崇禎十年（丁丑，一六三七），守制期滿，羅萬傑始授為行人司行人。行人司『職專捧節、奉使之事。凡頒行詔赦，冊封宗室，撫諭諸藩，徵聘賢才，與夫賞賜、慰問、賑濟、軍旅、祭祀，咸敘差焉。每歲朝審，則行人持節傳旨法司，遣戍囚徒，送五府填精微冊，批繳內府』。[二]行人雖只是正八品的官員（知縣是正七品），卻是清要之職，因為行人代表著皇帝，號稱天使，備受尊重。

任行人期間，羅萬傑曾奉差出使吉藩和荊藩。[三]出使荊藩之後，羅萬傑便道回家休假，直到崇禎十三年（一六四〇）始回朝。

崇禎十三年（一六四〇）回朝後，羅萬傑曾『蒙召入對便殿，賜給紙筆，問修練儲備四事』。羅萬傑『侃侃而談，敷陳時弊，切中時艱』。[四]其具體內容已不可考，但修練儲備是崇禎皇帝經常提問和下旨催問的事項，最早在崇禎九

[一] 談遷：《國榷》卷九十三『崇禎七年三月辛丑』條，北京：中華書局，一九五八年，第五六三三、五六三四頁。

[二] 《明史》卷七十四《職官志三》。

[三] 《庸庵公行狀》『丁丑，服闋，選授行人司行人』。考《羅氏族譜》，萬傑之父卒於崇禎七年（一六三四）四月。古代守制三年，實只二十七個月。則崇禎九年八月萬傑已守制期滿，不應十年始服闋。又考《明史》卷一〇三《諸王世系表》及卷一一九《列傳第七英宗諸子吉王見浚傳》，末代吉王繼藩在崇禎九年，萬傑以行人出使吉藩，當在崇禎九年。吉藩實在湖南長沙，《庸庵公行狀》謂萬傑『為行人者凡四年，中間使江西、湖廣者凡二差』，誤以為吉藩在江西，後人遂沿其誤。

[四] 羅基恒：《庸庵公行狀》。

年（一六三六）。[二]顯然，羅萬傑的答對讓崇禎皇帝滿意，於是把其從行人司行人擢升為吏部主事（正六品）。

吏部為六部之首，有天官之稱，掌握著官員的考核和升降。明制吏部置尚書一人，左右侍郎各一人，下設四個清吏司（文選、驗封、稽勳、考功），每司各設郎中一人，員外郎一人，主事若干人。

羅萬傑在吏部的任職履歷，《庸庵公行狀》謂：『授吏部稽勳主事，歷文選、考功、驗封三司主事，轉吏部驗封司員外郎，掌文選司郎中事者凡二年。』也即羅萬傑的最高職位為吏部驗封司員外郎（從五品）[三]。員外郎為各司之副職，次於本司長官郎中，所以稱為副郎。

因為為官清直而且才幹不凡，羅萬傑得到吏部尚書鄭三俊的特別賞識。鄭三俊，字用章，安徽建德人，萬曆二十六年進士，崇禎十五年（一六四二）八月由刑部尚書轉吏部尚書，『為人端嚴清亮，正色立朝』[三]。鄭三俊讓羅萬傑『掌文選司事』，即以驗封司員外郎的身份主持文選司的工作。文選司主管文官的升黜任用，是極為重要的部門。明代制度規定，京官每六年考核一次，稱為『京察』；外官每三年考核一次，稱為『大計』。明代中後期以後，這種考核往往成為政治鬥爭的焦點，在這個職位上，也會不由自主地被捲入政治旋渦之中。而崇禎皇帝又生性猜疑刻薄，這種環境讓羅萬傑很無奈。『自覺剛腸妨啟事』，『敢悵清時雨露疏』[四]正透露了這時他的心境。

崇禎十五年（一六四二），羅萬傑曾被任命為河南鄉試主考官。但當時河南省會開封被農民軍圍攻，河南鄉試無法舉行，只好作罷。

崇禎十六年（一六四三），因為生母去世，羅萬傑再次回家守制。不料翌年明朝覆滅，清兵入關，這對於羅萬傑來說，不啻是天翻地覆的大變故。

（三）明亡以後的時期

一六四四年三月，李自成攻進北京，崇禎皇帝在煤山上吊自殺，明王朝覆滅。接著，清兵入關，很快佔領北京並定都於此。在家守制的羅萬傑，在得知噩耗之後，盡散家財，在豐順築金鼎寨，既抗亂軍，亦以抗清。當時南方尚有

[一] 談遷：《國榷》卷九十五崇禎九年四月丁丑『令有司務修練儲備』。

[二] 現存於潮州市潮安縣庵埠薛一村薛氏家廟羅萬傑所撰之《心田薛公祠記》碑刻，其結銜也為吏部驗封司員外郎，可參證。

[三] 《明史》卷二五四《鄭三俊傳》。

[四] 《瞻六堂集》卷上《署中感事呈吳梅里》。

南明三朝（弘光、隆武、永曆）在作抗清復明鬥爭。羅萬傑與潮州士大夫黃錦、郭之奇、賴元肖、謝元汴等共謀起兵，以策應南明政權。其間曾被永曆朝廷征為右僉都御史[一]。一六五三年（南明永曆七年，清順治十年），潮州總兵郝尚久起兵反清，一度聲勢大振，但終於還是被清軍撲殺，郝尚久敗死。羅萬傑覺得事情已經無可挽回，遂解散兵士，『痛哭入山』，與同時期的方以智（密之）等人一樣，走上逃禪之路。

羅萬傑先隱居於豐順藍田隆煙寨逸老庵，後徙到大埔坎廈的語石庵，再駐湖寮雙髻峰之磐湖寺，以遺民自居。『三十年絕口談世事，足不履城市，雖家人父子邈如隔世。』[二]其實他不忘故國。一六六二年（南明永曆十六年，清康熙元年），其好友郭之奇殉國後，羅萬傑為郭作墓志銘，高度讚揚其『成仁取義』的氣節。羅萬傑也拒絕揭陽縣令的『敦勸出山』，但由於大局已定，羅萬傑也與清王朝達成某種和解。一六六〇年（庚子），其仲兄去世，以『遺孤稚弱，撫字心切』，遂稍稍『周旋塵壤間事』[三]，實際上結束了逃禪生涯。康熙十九年（一六八〇）六月十二日去世，享年六十八歲。其去世後，門人私謚為『文節先生』。

二、《瞻六堂集》內容和價值

羅萬傑『不欲以詩人文人自待』，所以『所著詩文，半不存稿』[四]。以古人三不朽之論來衡量，羅萬傑是不以立言為意，其平生理想，自在於立德立功，可惜遭逢世亂，生於末世運偏消，最終只能走上逃禪之路。

羅萬傑之詩文集，崇禎十四、十五年（一六四一—一六四二）之際曾有意刊行，並請同科進士好友陳際泰為其作《序》，吳本泰為其作《引》，現載於《瞻六堂集》卷首，稱為『舊序』[五]。陳際泰（一五六七—一六四一），字大士，江西臨川人，其『時藝』（八股文）稱絕一時，著有《已吾集》等。陳際泰崇禎七年（一六三四）登進士，時年六十八

[一] 參溫廷敬：《明季潮州忠逸傳》卷二《羅萬傑傳》。
[二] 羅濬：《文節公傳》。
[三] 羅基恒：《庸庵公行狀》。
[四] 羅基恒：《庸庵公行狀》。
[五] 吳《引》明言作於壬午（崇禎十五年）冬。

歲。後授行人，與羅萬傑為同僚。吳本泰（一五七三—？），字美子，號梅里居士，浙江仁和人，明亡後以遺民自居，自號雨庵道人，著有《吳吏部集》等。吳本泰亦為崇禎七年進士，中進士時年已六十一歲，曾與羅萬傑同任職於吏部。兩人時有唱酬，見於詩文集之中。

但羅萬傑詩文集當時似僅編成而未刊行。隨後歷經兵燹，詩文十不存三，後來由其曾孫羅廷祥校錄，玄孫羅楨侯編輯，羅正佐刊訂，於清乾隆乙酉（乾隆三十年，一七六五）刊印成《瞻六堂集》二卷。此為羅氏傳世之唯一詩文集。《瞻六堂集》為詩文合集，分上下二卷。詩文分體編排，詩共二百首〔一〕，文十三篇。刻本卷首有大埔饒堂序，又有沈德潛序，兩序均手寫上板。

羅氏之詩，可以『入山』為界分為前後兩期〔二〕。羅氏『入山』，在南明永曆七年（清順治十年，一六五三，時年四十一）〔三〕。其前期之詩，陳際泰評為『古遠澹宕，而秀傑之氣往往引人入勝』；吳本泰則謂『其詩如九皋獨唳，深林孤芳，異香幽響，都不著人間渣穢』〔四〕；後期因『國變』，詩中自有家國之恨、黍離之悲。明代詩風不振，羅萬傑更顯得戛戛獨造。清代詩學大家沈德潛為《瞻六堂集》作序，謂『其詩真率自矢，不假藻繪，和平溫雅，沖澹希夷。格合三唐，體兼劉白。散體之外，真摯樸實，不事矜奇炫異，固風雅之正宗也』。〔五〕饒宗頤先生也謂羅萬傑詩『風格遒邁，鮮蹈江湖粗獷之氣』。〔六〕均為的評。

萬傑之文，散佚之餘，所存無多，但其中也多有痛切之語，於明清易代之際潮汕之社會，士大夫之思想與作為，多有涉及。集中《祭孫戒菴文》《祭啟孟姪文》《揭庠生謝名選暨妻陳氏妹純玉孝烈合傳》諸文，其褒揚氣節之意，時時流於筆端，溢於言表。而集外之遺文《光祿大夫行在武英殿大學士兼吏兵二部尚書正夫郭公暨元配夫人林氏墓志銘》，為明末殉難的潮籍士大夫，也是羅萬傑的友人郭之奇（一六〇七—一六六二）而作，其謂易代之際，『下者抱馬足求活，至改面事人，真所謂慚負天地，空蝗粱黍而已。求之百折不回以勵其始，致命遂志以完其終，寰區五百載，

〔一〕總目誤為一百九十首，後人多襲其誤。
〔二〕《瞻六堂集》之詩，凡『入山之後作』皆有標明。
〔三〕溫廷敬：《明季潮州忠逸傳》『羅萬傑』條下謂：羅氏入山，實在尚久兵敗之後，蓋至是而潮無恢復之望，永曆事也不可為矣。
〔四〕見本書卷首《舊序》。
〔五〕文載《瞻六堂集》卷首。
〔六〕《潮州藝文志》卷十三《集部別集類》，上海：上海古籍出版社，一九九四年。

廬陵信國而後，成仁取義，吾聞其語，吾見其人，孰有如吾正夫者哉？』這是對郭之奇的高度評價，也是藉以明志，寄託其忠憤之情。

萬傑之詩文，又有可與明代文獻相參證者。試舉一例：

集中有《新嘉驛署舊有會稽女子留題三絕，悽婉動人。予以戊寅暮春過宿其處，則壁間之句已磨滅不可復識矣，感慨之餘仍和韻弔之》詩。新嘉驛在今山東兗州新驛鎮新驛村。會稽女子之《新嘉驛題壁詩》是明末清初最有名的題壁詩，《名媛詩歸》《續本事詩》以及《情史類略》卷十四《情仇類・驛亭女子》均載其事。錢謙益（一五八二—一六六四）也提及此事。天啟初年，錢謙益與公安三袁之袁中道（一五七〇—一六二六）在北上途中路過新嘉驛時，發現了壁上題詩。錢謙益作了和詩[一]；袁中道有《題會稽女子詩跋》，並和了三絕句題於原詩之後[二]。錢謙益還在他所編的《列朝詩集》中，收載了會稽女子的詩和序。羅萬傑於崇禎十一年（戊寅）經此地時，謂『壁間之句已磨滅不可復識矣』，可資考證文獻之助。[三]

又文集之《優婆夷行清羅八姑小傳》，提及木陳和尚之母賴氏晚年出家、木陳回鄉省母等事。木陳道忞（一五九六—一六七四）為清初著名禪師。此資料可與《山翁忞禪師隨年自譜》參證。[四]

《瞻六堂集》外之羅氏詩文，馮奉初編《潮州耆舊集》卷三十五《羅吏部瞻六堂集》，選錄文八篇，其中一篇為《瞻六堂集》所未收[五]。溫廷敬輯《潮州詩萃》甲編卷十一選羅氏詩作一百一十五首，其中數首為《瞻六堂集》所未收錄。饒宗頤先生跋《瞻六堂集》[六]，復據地方誌書補輯數首。孫淑彥先生編撰《羅萬傑詩文集》[七]《羅萬傑先生年譜》[八]，又續有所得，均可參考。

[一]《新嘉驛壁和袁三小修題會稽女子詩》，《牧齋初學集》卷二，上海：上海古籍出版社，一九八五年。

[二] 袁中道：《珂雪齋集》中冊，上海：上海古籍出版社，一九八九年，第三九三頁。

[三]［日］合山究：《明清女子題壁詩考》，載《日本學者論中國古典文學——村山吉廣教授古稀紀念集》，成都：巴蜀書社，二〇〇五年。書中對這首詩征引了很多資料，卻未提及羅萬傑這首詩。

[四]《山翁忞禪師隨年自譜》收《三編清代稿鈔本》，廣州：廣東人民出版社，二〇一〇年。

[五] 文即《光祿大夫行在武英殿大學士兼吏兵二部尚書正夫郭公暨元配夫人林氏墓志銘》。

[六]《潮州藝文志》卷十三《集部別集類・瞻六堂集》，上海：上海古籍出版社，一九九四年。

[七]《羅萬傑詩文集》，北京：中國文藝出版社，二〇一〇年。

[八]《羅萬傑先生年譜》，香港：天馬出版有限公司，二〇〇二年。

三、《瞻六堂集》版本

此次出版《瞻六堂集》，以汕頭市圖書館藏乾隆乙酉刻本為底本影印。乾隆刻本《瞻六堂集》傳本甚稀，流傳未廣。《明史·藝文志》未載，因修《明史》尚在《瞻六堂集》刊行之前。錢謙益《列朝詩集》、朱彝尊《明詩綜》、陳田《明詩紀事》、卓爾堪《明遺民詩》以及清嘉慶年間順德溫汝能編《粤東詩海》，均未收羅氏詩作。光緒十四年，李星輝主纂《揭陽縣續志》，亦未見原書，稱《瞻六堂集》『若干卷，未刊』。民國李唐《豐順縣志》卷二十三《藝文》始言此書『版片存，多缺』。此書版至今尚存，二十世紀九十年代在羅氏後裔、豐順羅舜敬家中發現，首尾殘缺已多。而汕頭市圖書館藏本卷帙完整無缺，頗為難得。

乾隆乙酉刻本《瞻六堂集》，凡遇『玄』字，皆避諱改為『元』字；卷首《文節公傳》『崇禎』也避諱為『崇正』，但卷首饒堂序之顧寧人云云，以及卷下《祭啟孟姪文》之『寧為玉碎不為瓦全』，兩『寧』字均未避諱，可信為乾隆原刻本。且卷首仍存沈德潛之序。考沈德潛因徐述夔『一柱樓詩案』而被追奪封銜，事在乾隆四十三年。此本未削沈序，也可證為原印本，未經剜改，洵為可貴。

此本卷下《族叔某翁八一壽序》有數字漫漶，冀望有日能覓得善本補此缺憾。

揭陽孫淑彥先生有《羅萬傑詩文集》，羅氏後人也有《瞻六堂集》點校自印本，可參考。

目錄

[一] 實為二百首，此誤計。
[二] 『遙』字原無，據正文補。
[三] 『時余擬以首夏北上』原無，據正文補。

七言律六十二首

[一]『漳樹鎮』正文作『樟樹鎮』，是，其地在江西。

〔一〕「仲兄外父，時學元門」原無，據正文補。「元門」即「玄門」，清代避玄字諱而改。
〔二〕「間十為孝廉墀之子能文好客」原無，據正文補。按：吳間十實為吳墀之孫，此誤記。

乾隆乙酉秋鐫

瞻六堂集

餘軒藏板

瞻六堂集總目

五言古七首

齋中即事二首

擬古二首

感遇

題公着畫

金陵留別許班王

七言古四首

下第南歸夜聞杜鵑偶作

春暮

東平道中早行

雨泊漳樹鎮

癸未元日

贈同學友

幽居

七言律六十二首

白鶴峰謁蘇文忠公祠

齋中即事

江上落花五首

公胥兄自閩漳來訪予舊有遊漳之約因
事不果感其遠至賦此爲贈

南巖僧具酒饌邀同公胥及余兄弟輩劇
飲

送別公胥還漳兼訂明春遊期

初春寄羊城王子龍

使舟歸泊金陵遇舊館人以便面索書走
筆賦贈

贈姚茂翼先生

入山寄諸眷屬

赤城道人與傅由庚居士共訂出世之約

將擬結茅水竹見示緣冊走筆戲題

送友人歸閩

初度日奕株上人以詩見贈次韻奉答

語石菴即事

自坎夏回語石菴磴路崎嶇濟勝無具即

事口占

偕磐湖和尚遊赤水巖

讃口占志謝

寄壽黃字河道長

戊申除夕示諸道友

詠溪雲廬爲姚孝廉兄弟作

聞黃迂父辭榮歸養寄贈一律

過吳閶十網芳齋即席賦贈

己酉除夕

庚戌元日

春朝即事

卷下

五八體夏日偶成

春夜不寐步月偶成回文一首

西來意 以下入山後作

偶題二首

壬辰除夜十首 有引

七言絶句 四十二首

竹枝詞三首

幽燕老將歌

少年行二首

奉使荆回宿萬安僧舍次壁間韻

齊昌邸中送朗潤上人還山

山中答邑令二首　以下、山後詩

山居雜詩八首

閱五子山圖寄贈無用上人

贈黄蘗山僧

謝客

苦熱病中口占

桃子坪

文共十三首

傳

記

疏

祭文

祭孫戒菴文

祭啟孟姪文

顧寧人先生曰詩不必人々皆作稽古賢豪樹德立勳奚必藉韻語以傳間或性之所近往々譜聲成文用以發抒其忠悃陶寫其天真則雖或微詞短詠如吉光片羽為世

寶貴又奚必楊鐵崕之十萬
首哉吾埔雙髻山之甆湖寺
爲明季銓部庸菴羅公托跡
地憶余少時過遊寺僧之老
者猶能傳述當時孤忠慷慨
轉入枯禪之狀如見駱賓王

祝髮靈隐時越數年　公之
元孫紹度希文兄弟延余司
請事于響葉山房乃獲誦
公瞻六堂詩味其中懷宕逸
格韵蕭閒時於蒼欝之中流
露哀感又　如讀金道隐偏行

堂集顧家經兵燹十不存三每慫恿其裒集成帙付之梓以甚後又十年希文乃出其所校定者　沈宗伯既序其卷端受而讀之亦足見　公忠悃之發抒天真之陶寫有

不能自已者雖然　公之高
風亮節爲明季潮海中一人
表章之任自有銀臺金管初
何庸贅余惟深嘉紹度希文
之無忘乃祖相與雨夜燈窻
互相校訂而玆既克成厥志

云乙酉花朝日茶嶺後學饒
堂題

明揭陽羅公貞卿以名進士起家
歷官吏部員外郎思陵召對便殿
問脩練儲備四事敷陳愷切深中
時艱冢宰鄭三俊澄清銓政倚公
以理內艱歸里甲申闖變將散家
財報國不果南渡後徵拜都察院

序

右副都御史馬阮用事羅不就職雅好為詩凡出處之際身世之感無不寓之篇什其詩真率自矣不假藻繪和平溫雅沖澹希夷格合三唐雜亞劉白散雜之文真摯樸實不矜奇炫異固風雅之正宗

也萬歷中公安竟陵矯歷下婁東
之弊倡淺率之調以為浮響造不
根之句以為奇突用助語之辭以
為流轉杳渺幽晦墮入鼠穴鬼國
詩歸一出詞壇無不降心相從聞
聲逐塵而公獨以風雅為宗不染

餘習即其詩文亦可謂歌泣不阿
者矣又聞公滄桑之後披剃哭
入山日學枯禪絕不談世事三
十年足迹不入城市
國朝收用遺逸邑令入山勸駕公答
詩有道人只合孤峰頂臥聽康衢

擊壤聲句昔國變後熊給事魚山止於華山寺方簡討密之止於高坐寺金臨清道隱止於丹霞山寺皆遁入緇流以公較之豈非合志同軌者與公歿鄉人謚曰文節先生洵無愧焉

乾隆甲申中秋長洲後學沈德潛

題并書時年九十有二

舊序

陳子於有韻之言本無所諳然從衆中讀之謬相然贊譬之陸羽不識字坐石上讀書效人口動而已前序天中石郎詩亦爲此語石郎大咍笑之以爲陳子之直白如此也陳子在浮梁舟中晤汪函郎函郎爲汪伯玉大司馬從子素不習時義而善古文辭得予制舉業大嗟賞予刻怪卿不習此何以獨賞此然以別友文使之讀則已不觧爲何語矣世之習舉子業者以陳子之文不可句而汪所

不解者乃在彼不在此彼非以時文讀陳子之書以古文讀陳子之書也繇此言之陳子不諳有韻之言至如羅子貞卿之詩則固諳之矣讀之正如讀古人名作古遠澹宕而秀杰之氣往往引人入勝地味之經年未必可盡也然乍接之時一眸而見之洪纖高下雖不嘗者皆能名其處此爲天材絕優非復[illegible]流之材之所可幾也陳子之所不能諳者雖坐[illegible][illegible]然亦世人之爲詩有以使之然詩如貞卿而陳子猶詒人云效人口動而已夫=非媒

而誕陳子亦不爲也貞卿年少制義外凡有雜著
皆可名家此詩固已見虎一文矣臨川年弟陳際
泰題於長安邸中
於制科帖括之外別出一枝而燈傳無盡者唯詩
詩者清徹窅渺之氣激越以鳴者也熟塲濃趣中
焉得有詩以真詩與真能詩人處熱塲濃趣中戞
戞乎其不相入矣年友貞卿妙年蚤達游及吏事
余十駕弗及而襟情蕭遠頗似之余每見其戟髯
抵掌如滕元發扁舟破浪而來軒然聳出至讀其

詩如九臯獨唳深林孤芳異香幽響都不著人間
渣穢笠澤翁評山谷帖謂不應携在長安逆旅中
亦非貴人席帽金絡馬傳呼入省時所觀余於貞
卿詩亦云壬午抄冬年社弟吳本泰書於冰雪居

文節公傳

公諱萬傑字貞卿號庸菴鄉人私謚曰文節先生其先世譜出豫章宋末有諱安者自閩莆田之官來粵愛揭之佳山水因卜居焉十餘傳而生公揭邑諸生鄉賢衍六公第三子也年十八登崇正庚午舉人甲戌成進士甫釋褐丁外艱服闋改行人司行人兩奉冊使封吉荆二藩庚辰召對便殿給筆扎問修練儲備四事敷奏無諱深中時艱隨擢吏部清吏司尋轉員外郎時冢宰鄭三俊力澄銓

政以公正直不阿破格畀以選事公一矢公慎請託不行任事一年復以内艱歸里值揭邑祲倡境内殷户出糶全活甚衆甲申三月變北耗至輒蹩然起憤不欲生會南都舉號盡廢其家産約同志勤兵勤王已聞朝政日稗將驕兵悍上下嬉逐無度乃聲咽氣塞徵拜都察院右副都御史不就散諸勇健痛哭入山結茅於埔陽之雙髻峰林棲谷汲日習枯禪時有同里被難諸生祝髮稱語山者相與酬倡詩歌於烟嵐竹樹中三十年絶口談世

事足不履城市雖家人父子邈如隔世
興朝定鼎海宇廓清簡求遺逸當道爲具薦牘敦勸
出山公有卻聘詩云竹馬迎來冬日溫條風遠拂
隴頭村首陽亦屬周疆里敢道食薇不是恩又云
一掃浮氛今已清幾家雞犬月中行道人只合孤
峰頂卧聽康衢擊壤聲著作殊多率逸其稿疾革
遺命題碣曰明龍山樵夫之墓以自志其躬丁厄
運忠孝未純云云嗟呼孜公以弱冠取科第天才趫
敏操履高潔輒見頡露乃膺國家顛隮而孤忠慷

慨無儒生氣有夙將風視諸偷盜豈不霄壤哉即

我

朝底定之日公年方三十許或少抑損以梯榮希寵

何求不獲乃復棲心塵外堅卧松雲自比于陶元

亮田遊巖之徒非其天性有高人數等者哉揭處

南海之僻向未得表章青簡濬于公爲孫行且世

居埔陽曾拜公山寺辱公敎誨今敬述公大畧以

備考非敢傳公也康熙癸酉仲春茶陽族孫濬拜

述

瞻六堂集卷上

明揭陽羅萬傑貞卿甫著

曾孫廷祥校錄

元孫楨侯編輯

正佐刊訂

頴

楨倌

楨仁同校刊

樂府一首

君子行

釣不羨惡溪水行不經太行山太行豈無路壯士多摧顏荆榛非所適窮轍未可攀君子貴居易至人善閑關

歌九首

鷓鴣飛客中作

鷓鴣飛決起孤洲渚寒汀日暮鳥聲急溪上落花墜紅雨捲羅衣春草爲誰緣蕩子歸未歸

舟過南康遥望匡廬諸山歌

客心渺兮夷猶遲落日兮扁舟臨長江兮極目撫遲景兮淹留薰風徐至踈雨乍收山光凝翠雲色含秋伴衆鳥兮孤渚俯夕陽兮中流波婉轉兮汎汎帆容與兮悠悠悵離魂兮飄颻更低徊而增憂望佳廬之怳惚欲往從以末由

擬讀曲歌七首

妾似菡萏花隨波上下生郎如荷葉珠蕩漾無定情

陌上遊治郎掀簾暫一見情知不是歡愛他似歡

面

嚙郎臂歡莫嗔儂驕儂憨未解事

拭别淚應悔打鴛鴦輸他雙對睡

見説新栽花棠梨開已久賺郎連枝折剌殺郎纖

手

欺儂不識字詐作他儂書顛倒試儂意

奈何許感恩與負德不可同日語

五言古 七首

齋中即事二首

披書當對客庶以懲我短焚香當灌菜庶以止我嬾溪光發幽獨柴扉涼氣滿微雨過竹色筍籜於玆澣亭陰樹影攢堦暝鳥聲緩心靜有餘閒起候茶煙煖

根躁地易囂巖壑亦吾擾而況人世間足跡滋紛蹻閉門即深山溪煙結幽杳映堦苔色靜壓檻露氣曉仰看簷前樹桂花香未了感此塵勞心因之謝歸鳥

擬古二首

妾本若邪女少小名嬌嬈好爲蕩舟戲來往浣紗
橋玉釵壓雲鬟繡帶束纖腰十四爲君婦羞容未
可挑感君頻寵顧贈妾英瓊瑶願言佩胸臆白首
以逍遥

浮雲西北來蕩子策輕輈借問欲何之鳴鞭向薊
州落日照顏色淒風吹征裘一去萬里途安知經
幾秋飛鳥遶樹間嗷嗷戀其儔豈無琅玕食念子
不能酬紅顏坐成老空想大刀頭

感遇

青青磵底松倒懸蒼崖壁葳蕤含宿霧獨立無人
側上有烏鵲棲下有鷩湍激念兹霜雪深況復暑
寒積勁質久難靡孤根諒不易所嗟匠石稀一顧
三歎息

題公眘畫

何處騐天機胸中與腕底蒼蒼莽莽間無謂有至
理島樹若亂煙微茫波際起餘霞散孤村晴光變
遠邇靜者立其傍心魂忽而止

金陵留別許班王

相違動幾載相見未盈旬又復嗟行役何以慰勞
人秣陵風土美首夏如晚春柳外鶯聲碎雨後山
色新子戀秦淮水予逐京洛塵同是天涯客誰辨
出處因臨岐勸子歸惆默不能陳子歸無他好柴
門荷主仁巨觴置我前再酌情已申各自愛光景
毋令遠遊頻

七言古四首

下第南歸夜聞杜鵑偶作

杜鵑晚宿垂楊枝野碧沙明岸草萋天寒月落三

更後哽咽數聲帶雨啼昨夜東風故園裏腸斷江南浪遊子盡日叮嚀苦別離空有羽毛飛不起

春暮

眼見風光渾欲醉爲憐芳艷階前墜逢春能幾不禁愁曉露滴作花間淚朝來剩却屐齒間蹴遍苔痕未忍還已教細雨催梅信聊倩輕風洗柳顏池塘艸色春歸處鷩飛粉蝶紛如絮日長回看悄無人一雙翠羽時來去

種柳歌時余擬以首夏北上

此生自許隨畚鍤每逢佳卉情若狎何况嫣然煙
雨姿臨春栽蒔敢後之高低一依徑路轉疏密不
學衆植爲爾憐客子艷陽天予亦嘲爾常愛眠會
看垂陰成美蔭莫問道傍與溪邊長安五月堤色
新青青應逐車前塵掀髯揚袂知何似恍惚見爾
園中身

秋月篇

秋風蕭瑟天氣清萬里無霞月正明初向溪邊搖
素練忽離海嶠傍高城高城索寞凉飈急殘柳叅

差昏鴉集桂樹娟娟影漸横銀河耿耿光纔入水
晶宮凋玉壺寒雲母屏空碧露濕吹簫樓上鳳皇
棲織錦堂中蟋蟀泣白苧含愁舞袖閒青衫掩淚
琵琶澀霜落星移玉漏深如何對此不傷心生憎
翠被芙蓉帳盖結雙珠玳瑁簪鏡裏孤鸞空照影
曲中別鶴易成音有客還賡蕩子賦無人更續白
頭唫可憐蟢子墜羅幃可憐蟾影照寒衣與君相
憶還相恨與君同宿不同飛四壁蛩唫生晚怨滿
床蝶夢喚人歸蝶夢蛩吟幾度新起看秋月墜江

濱更吹數韻裂雲笛共訪霓裳天際人

五言律 三十七首

出塞

早出陰山道寒生薊北秋笑驅紫騮馬醉擁白狐裘漢月明沙磧胡霜冷戍樓男兒重許國未是愛封侯

擣衣曲

日日高樓上含愁擣舊衾一聲隨去雁萬里急寒砧此際穿鍼恨他年織錦心不爲征戍婦誰識別離深

返棹

山晩夕陽沉寒花背棹陰溪光何處澹秋色到門深不盡杉松影難移皃鷺心靜聽空外響霜葉欲盈襟

寓羊城秋懷

獨有狂唫客偏憐秋色高驚風吹薜荔細雨點蒲桃節序逢搖落浮生漫滯勞秋聽簷外竹終夕響蕭颾

登鎮海樓懷古

王粲情何切陸公去不回煙光晩翠滴爽氣朝霞
開鳥向雲中過人疑天上來寒山與秋色爭鎻粤
王臺

暮春旅懷

栖栖蓟北地冉冉暮春天客路偏玆景相看兩悄
然落花寒食後倦鳥夕陽邊欲辨南鄕計惟餘沽
酒錢

揚州懷古

江山幾代謝空憶舊時形潮擁海門白柳依隋苑

青錦帆嗟寂寞翠輦怨覊零日暮棹歌起悽悽不忍聽

假山

蕭然幾片石翠色共氤氳婉轉一峯出迴遮兩岫分苔深疑積雨日煖欲舒雲晨夕空庭裡煙巒迴不羣

癸酉春日偶成四首

二十浮生客世情無一知青山供我癖白眼畏人疑對酒愁先盡彈棊局屢移每因春事促常教夜

眠遲
風光衹剩𠦃一徑亦幽哉老樹帶花媚春潮擁檻來不情常避客多病爲貪杯隨意露華落空庭綴
綠苔
獨坐晴窻晩閒唫散寂寥鳥聲啼別墅柳色上新條傲骨本難狎虛名原易揺風塵甘偃蹇薄俗任
喧囂
窮來無一物相伴惟奇書日與簡編近捹將禮法疎花枝春霽後竹影月明初衹此了閒事清狂不

羨餘

冒雨登滕王閣

不識洪都府今登第一樓雨聲微似瀑雲色澹於
穮地以文人重名因帝子留落霞佳句在捫石欲
生愁

客中聞林石友訃遥哭以詩

倏忽夜臺春一飄存没頻乾坤妒韻士顛海失騷
人米老原非僻阮公祇是真應留青眼在長與石
爲隣

邸中懷同社諸友

數載窮交態支離感此身燕雲迷遠客嶺月醉何人文字揣摩盡素心追琢頻一燈寒照夢萬里獨縈神

登友人山閣

一閣陰森外頻生靜者機磬聲奔竹澗燈影戀柴扉杖屨情相得眠餐事不違棲尋敦舊約夕露照微微

懷韓讓之

念子先予去驅馳竟若何懷中片刺盡杖底百錢多不改青雲志時聞白雪歌江湖饒客思浪迹滯煙波

途中寄王子龍

乞得一官去那堪長作儒浮雲燕地斷秋色薊門孤俠骨猶存劍高才欲棄繻平生骯髒態到底不能無

懷蕭次圭

落日燕山晚憶君易水深大都常混跡不次論知

音潦倒窮交色悽惶失路心那堪離索後惆悵此孤唫

生日志感

七尺終何用空驚此日臨强隨人笑語難慰尊慈心拓落半生廢劬勞百感深秋風殊多惡向晚倍蕭森

微雨

微雨亦瀟瀟疎窻響寂寥虫聲低近砌樹影暗隨潮迸檻花相問乘簷鵲自招雙童無外事茗粥並

晨宵

冬晚

冬晚似春歸脩然靜掩扉澗澌寒更急盆卉濸相依竟日詩篇闕經旬酒伴稀未須愁歲暮簷際宿餘暉

春日郊行四首

春光行處好着意看飛花遇物但能濸棲心易以遐林隨山徑折溪傍竹煙斜携得雙柑去啼鶯尚可賒

陰晴無定候蠟屐出柴扉野樹自喧寂江雲無是
非鳥銜殘照下人逐暗芳歸珍重一溪水灣灣送
落暉

禽魚心不隔靜得氣機先感玆昆蟲性因知造化
權鷄豚村社酒杖屨草堂煙郭北春山近玆遊亦
曠然

不是尋僧去便因看竹還泠泠當户月淡淡隔溪
山洛水誰同戲和風自解顏北窻歸卧足已是羲
皇間

冬日即事三首

峛𡷥雖無雪經冬亦可憐寒飈依古樹霜隼掠孤煙未暇攤書坐只愁擁褐眠空堦響敗葉遮莫曉風天

閒筭今冬事蹉跎似汎瀾人情窮後悟歲月病中看凍屋梅魂老荒齋竹影殘瀟瀟一夜雨破衲倍增寒

索莫空齋裡愁多廢寢興霏霏拂檻霧颯颯受風燈節近臘邊樹人如定後僧淒然一榻内形影淡

相憑

登黃岐山夜宿僧舍示公眘

臥對繞茲夕深心冥見聞禪燈一室靜月影半山分夾樹迷青靄疎鍾咽白雲瀟瀟窻外竹幽夢易紛紜

同公眘諸子遊南巖

不可無茲遊危巒趣漸幽濤聲寒及夜樹色老宜秋幻眼因高换閒踪借景酬勝朋殊解事竟日恣淹留

虖王無長至自五羊即席有贈用南巖韻

相逢問久遊懷抱亦能幽踪跡吳還越旅程春復秋羅峰供静對珠海藉深酬愁絶仲宣賦覊棲未可留

東平道中早行

帶露桃千樹含煙柳半堤林光散遠近野色潤高低薄宦同鷄肋浮生信馬蹄朦朣殘月影客思易凄凄

雨泊樟樹鎮

苦雨滯行舟江村信宿留市燈明岸際漁唱倚竿頭樹色迷歸夢灘聲响旅愁回看青濕處千里暮煙浮

癸未元日

多病逢元日憂時歎逝年徒聞寬大詔不熄豕狼烟世事干戈裏生涯藥餌前艱危無一補腸斷蓼莪篇

贈同學友

共憶對床約相忘歲月高風塵雙短劍雨雪一綈

袍戎馬今方盛乾坤莫可逃九重宵旰切執戟愼

言勞

幽居

幽居似遠林一往覺情深鳥去花猶落風來松自

唫澹雲高士志孤月野僧心爲愛蕭踈景移樽對

夕陰

七言律 六十二首

白鶴峰謁蘇文忠祠

峰前鶴去晚霞收遂客行踪不可留一代奇才淪
玉局三年春夢醉羅浮南樓初日浮金暈北户長
江舞砌流一盞寒泉心欲薦蠻煙野菊未經秋

齋中即事

幽齋無事似山家寐寐柴扉閉晚霞夜靜敲燈時
讀史月明燒竹自煎茶呢喃屋上一雙燕咶噪池
邊兩部蛙怪得長能消永晝焚香掃地閒裁花

江上落花五首

風吹萬點樹頭稀日日危樓送夕暉解道幽懷伴
月冷忽驚離恨共雲飛煙開古岸翻殘雪燕落空
庭濺舞衣爲報故園新雨後隔谿啼鳥喚人歸
東風原自妒妖嬌醉壓瓊枝漫窣寥乍暖乍寒魂
漠漠疑狂疑怯影搖搖情高已逐遊人去夢短那
堪過客招回首江城欲暝色夕陽何處聽吹簫
滿江煙雨冷凄凄萬紫千紅踏作泥殘醉重扶湘
水北春風直到灞陵西半鈎明月鶯聲碎一派斜

陽燕語低最是懷人多黯別朝來陌上手分携
夢裏扁舟欲曙天五更風雨對愁眠芳心揺落驚
前夜弱質凄凉憶昔年錦織秦川紅拂水歌殘梁
苑綠鋪煙幽香冷艶知何似多在滄洲淺渚邊
憐香惜粉不勝悲抛擲於今定幾時深院和風飄
玉屑長門細雨墜胭脂崔徽對鏡嗟容改杜牧尋
春悵去遲贏得江頭送別淚相隨缺月挂殘枝

初入燕京馬上口占

帝城宮闕隱蓬萊此際遥瞻曙色開弔古應憐擊

筑淚狂歌獨愧掞天才西山爽氣千層出碣石晴雲萬里來開道聖朝多市駿黃金依舊滿燕臺

渡淮

淮水東流碧影光風吹細雨雜花香一溪柳絮飛輕雪兩岸鶯聲碎夕陽薊北浮雲時極目江南春色總縈腸醉來恍惚真成夢留取鄉心問客航

采石磯謫仙樓懷古

不見磯頭烏夜啼仙樓風景苦凄凄雲移晚雨當窗入霧宿春江擁檻齊有客空唫青玉案無人更

醉白銅鞮登臨不盡古今感矯首寒山日欲西

惆悵詞感舊作

凄風瑟瑟落花多惆悵東流長逝波祇恨雲寒迷洛浦爭知月暗阻銀河清聲誰寫竹枝怨白苧空傳子夜歌莫道朱顏零落甚當時魂夢已蹉跎

秋日寄蕭次圭

淅瀝秋聲不可聞松間月際更思君相逢海内誰青眼憶別都門對白雲菊徑雨疎侵草色練江風急漲潮紋遥知兩地凄凉甚羡爾清真能迴羣

次韻答蕭次圭中秋見懷之作

霜擁丹楓落滿城，溪星耿耿一燈明。懷人慘澹逢穮月，對酒疎狂憶晚晴。遠樹欲遮銀漢色，凄風忽斷玉簫聲。知君正有登樓興，不淺應同此夕情。

燕邸漫興五首

無才原不敢言狂，博得疎慵事事忘。面目可憎隨衆誚，腰肢作惡趂人忙。註來稗乘添諧史，簡去肘經試睡方。舊業今緣都莫問，輸他鷗鳥住寒塘。

笑從馬足問馳驅，拓落人間舊酒徒。萬里雄心悲

劍戟幾年混跡憶江湖憂時漫許屠龍手玩世真
同捋虎鬚莫道宦情三不可風塵猶自恕狂夫
回首鄉園意獨違那教着盡舊征衣野花妖嫋分
千種堤柳長成盡十圍白眼生涯貧與病烏紗公
案是耶非閒身漫擬凫和鶴拚與人間說瘦肥
書生陋習喜談文酒障詩魔兩不分甘與歡場作
佐貳敢邀詞陣喚將軍顛名在我元從衆癖性於
人豈入羣未息勞肩心早冷卻驚世法密紛紛
五年踪跡半奔波偃蹇風塵容易過眼見交游零

落盡心知世事覆翻多謀身拙比居巢鳥迕俗凝如撲火蛾鑿典春衫償酒債貪他醉貌幾回酡

金城榕色用邑乘題

鬱葱喬樹傍城隈黛色霜根翠幾廻別有孤姿凌雪霰猶餘老幹伴苔莓懸梢日影遥參漢韻葉風聲欲撼雷最是炎州乘蔭久清陰好並召棠推

玉窖棉陰用邑乘題

千珠不省人間有移向玉溪種最珍柯並古松迷曉日影隨流水亂寒蘋菁葱乍覺炊煙繞披拂時

經細雨匀海國墦根多歲月天陰潮落見龍鱗

公肴兄自閩漳來訪予舊有遊漳之約因事

不果感其遠至賦此爲贈

笑我經旬憚險巉感君兹至徑茅芟携來霞嶺雲

千片散作榕江畫一函公肴善畫童稚喜迎新杖屨溪

山應老舊巾衫青樽白眼真癡絶誰識風流老阿

咸

南巖僧具酒饌邀同公肴及余兄弟輩劇飲

幾從快友向山登忙卻招邀好事僧豫約此身隨

兩屐解將何物論三乘危峯孤磬聽來杳落日炊煙望裏凝取醉不妨觴迭換眼中賸有酒如澠

送別公胥還潭兼訂明春遊期

匹馬輕舠此日纔朔風雁影共徘徊無端別緒悲長鋏不盡孤悰對短盃一路剛逢霜月冷到家應值臘梅開憑君記取韓山道春色明年擬再陪

初春寄羊城王子龍

幾向良朋憶好音懷君折盡索居心虛名嶺海仍高卧薄禄風塵秖醉唫望入層雲魂欲黯神馳千

里月同深春來處處逢蒿滿蠟屐無因得共尋

使舟歸泊金陵遇舊館人以便面索書走筆

賦贈

五年不見中常憶一別於今經幾期我已居然髯似戟君胡能不鬢如絲三山雲物成今昔六代煙花異歲時屈指江帆歸去路空令客思易凄其

贈姚茂翼先生 仲兄外父時學元門

每從揮麈挹元襟遠韻高懷不可尋出世法因住世得窮交情以素交深微言闡處關天地靜理參

時見古今笑我踈狂尚喜獵籍君好作頂門鍼

送李葵孺大司農予告歸里

供帳都門話別情欣逢疏傅出西京燕臺日麗乘軺色槐省風高曳履聲碩德清時推主計殊恩華髮許辭榮從茲南海頻回望紫氣遥瞻照鳳城

奉題水部王賸齋尊公在吾先生鄉賢名宦冊後

先生早扣性天扃志在春秋行孝經皃爲解飛霞嶺雨熊幡長映惠湖星賛宗兩地雲封紫碑碣千

秋史篆青四十餘年天可必三槐不負德符銘

李華嶙以尊公鄉賢册見示賦此奉贈

玿華早歲擅名場裾曳王門鬢已蒼自以典型當諫草不將詞賦擬長楊青氈故物伊人在絳帳談經弟子行元笈五千應不忝蘭臺柱史續遺芳

署中感事呈吳梅里

遠愧糠粃前列居勞薪何幸借吹嘘萍飄作客八千里瓠落爲郎一載餘自覺剛腸妨啟事羞將冷眼溷除書風雷亦感生成德敢悵清時雨露疎

雩雨步入署中和同寅吳梅里韻

曉步天街氣盡晴依依宮柳逐人行屯雲不灑塵車煖烈日爭驅汗騎迎　聖主有心虔六責遺黎無計緩三征懸知圭璧饒元格此際雲霓望匪輕

山中答友人二首　以下入山後作

廿載相依弟與兄重追往事倍關情文章有氣天難喪混沌無權日易傾獨把金篦刮翳影羞隨瓦缶協同聲空山自古饒蘭蕙何事汀洲採杜衡

故園松菊近如何三徑依然擬再過芳草迷離啼

鳥歌晩山潋灩夕陽多千秋姓並江東隱一綫騷
留厓北歌爲問滄溟垂釣者羊裘久矣换漁簑

次韻答郭正夫招同諸公入陶社之作二首

柴桑日月剩遺民手擘江離泣纍臣白社那邀採
藥客青門舊識種瓜人一身費許登山屐萬事悲
餘漉酒巾豈是攢眉違夙約祇妨無處問漁津
虎溪三笑羡同時把臂深林好在兹擬續宗雷高
士步肯違嵇阮素交期天寒鶴怨橋邊語夜静猿
呼澤畔詞一卧峰頭鶯景换青袍白馬不勝悲

入山寄諸眷屬

几年塵土混衣冠火宅棲遲夢已闌破釜昔曾聞項籍携鐺今竊效陳搏孤踪冷比飛鴻爪去志迅如落澗湍從此黃岐峰頂月清宵應各照團圞

赤城道人與傅由庚居士共訂出世之約將擬結茅水竹見示緣冊走筆戲題

道人行履愛風流荆棘林中著絮裘一帶水光渠是我幾竿竹影獨耶儔但將雲壑爲扃鐍肯信蓬茅是贅疣了事當推傅大士解言空手把鋤頭

送友人歸閩

兩載粵鄉識者稀雄心耗盡掩荆扉郊寒島瘦皆詩品何肉周妻悉道機嶺樹頻遮遊子眼溪光亂點旅人衣送君此際情無限小艇灘頭帶雨飛

初度日奕株禪師以詩見贈次韻奉答

四十年來夢幻身幾迴驚看二毛新青山無恙解尋主白社有師期卜隣入室秋風寒露骨照床夜月遠含神誰知枯木巖前路突出一枝刼外春

語石菴即事

華門閬寐倩雲封十載林泉不負公透海穿山憑

掛栗填溝塞壑任榛蓬梅依石壁留初月竹近茅

簷納晚風料得菴前一線路幾人脚底訂圓通

自坎夏回語石庵磴路崎嶇濟勝無具即事

口占

崎嶇磴道傍雲斜望入層崖勢轉賒伴我行藏筇

七尺與誰來往徑三义煙光澹蕩聞啼鳥樹影扶

疎見落花上得嶺頭足指痛卻疑身是老元沙

偕磐湖和尚遊赤水巖

携筇選勝到嶔岑，幾片雲封苔徑深。花發寒巖飄
異馥，鳥啼空谷逗清音。忘機自愛青峰遠，息影偏
宜碧樹森。赤水元珠誰拾得，卻教象罔細追尋。

人日陰晦病中同雪樵禪侶作

卧病祇園冬復春，衝寒雨雪謾盈旬。山光澹泊和
煙瘦，樹色龍葱帶霧新。剪勝無勞詢舊俗，扶藜猶
自負閒身。百年天地空回首，佳節徒驚日是人。

山中積雪曉起和雪樵韻

隱几蕭條丈室南，閉門活計舊嘗諳。祇疑曉月偏

禁冷無邪春風解放憨夢入氷壺魂易悄歌回雪
曲興同酣蒙頭衲被團團裏鼻息如雷信飽參

雪霽和雪樵韻

雲收雪霽曉烟平重疊蒼巒玉削成曉日初開巖
樹影微風忽瀉澗泉聲映階草色千層碧入戶波
光一片明藜杖負春知幾度跏趺對客倍關情

送鄭立煌歸潮陽

幽懷不憚道途艱踏遍蓬蒿帶笑還一室晤歌和
水月百年事業倚雲山撥塵未肯追仙釋尋樂親

曾探孔顏慙愧我宗無語句賺君千里叩元關

夏日有感示學者

䄙襶何曾恕老顛維摩斗室病年年貪嗔已去癡仍在情想無多識尚纏詩板酒槍新業障梅妻鶴子舊因緣空餘一枕鼾鼾夢從此思叅沒眼禪

磬湖秋夕同諸禪侶夜坐

露下空山客思驚殘荷新菊迭衰榮池邊宿鳥揺花影竹裏流泉雜磬聲是夕逢秋偏澹灎何人對月不凄清爐香茗椀供深坐一室蕭然稱野情

寄答伍鐵山先生二首

千里同風事若何元沙白紙轉諸訛交親散後身猶累筆硯焚餘懶未過只被麁裘歸谷口難隨鴻翮出巖阿憑君莫舉舊時話又教新亭淚眼多

佛祖儒宗世盡然我於兩者總無緣但宜安分老農圃免致汚塗古聖賢海内故遊梳子上山中生計钁頭邊道人瞠目層霄外一任滄桑日變遷

寄壽孫戒菴

蘓門隱者嗜林泉一嘯鸞音許孰傳靜裡生涯資

竹樹閒中經濟課雲煙刀圭藥訣追思邈法磬緣
深踵道元世出世間無不可龍湖今得比楙川

寓南安寺逢初度日大開上人爲拈香慶讃

口占志謝

顛毛種種四旬餘閱世終悲歲月虛鏡裏空花呈
起滅眼前流水悟乘除謾誇丁令千年鶴且趂楊
岐三脚驢博得蒲團香半炷多君滴水沁芙蕖

寄壽黃字河道長

成佛生天誰後先幻人同種幻因緣羨君九日當

初度遲我二句作少年幸有黃花供晚醉不妨白髮傲時賢問奇競索題糕字笑挈青笻凌紫煙

戊申除夕示諸道友

空驚華鬓逐年陳又遇寒巖一度春屋角梅花香入座尊前栢葉味宜人家風好共安冷澹歲月何須判舊新榾柮滿爐消永夜夢魂不到鱷江濱

詠溪雲盧爲姚孝廉兄弟作

白雲堆裏數峰陰翠竹蒼松繞澗潯卜築剛栽棣蕚樹幽棲時費蓼莪吟溪山結侶情偏摯屺岵興

思感獨深誓墓終偕兄弟隱採芝不負九原心

聞黃迂父辭榮歸養寄贈一律

聞道飄然賦遂初歸來子舍樂何如日穿南牖問
安後春護北堂視膳餘自有萊衣供色笑不將菽
水換簪裾相逢莫訝休官早正值慈闈健起居

過吳門卜匊芳齋即席賦贈間十爲孝廉墀之子能文好客

幽居端不負斯堂看劍啣杯引興長舊業傳家帷
尚灺華文照世篋先光圖書以外他無物庭戶之
間別有香便擬卜隣傍此地偏因印璽性難忘

己酉除夕

老來漸覺萬緣輕帟帳布衾夢易成雨浥爐煙蒸永夜風搖燭影竭深更流光暗逐閒中過華髮俱從愁裏生擬待明朝天氣煖探梅山塢杖藜行

庚戌元日

山林別是一家春野老忘機歲月頻細雨輕風新節物寬衣博帶舊時人桃花迎露開偏早竹葉輕霜釀獨醇笑挈胡床傍樹影臥看巖色翠嶙峋

春朝即事

翠筠深處綠陰寒鳥語喧喧近藥欄落盡梅花春
氣早焚餘芋火曉煙殘憤成楚曲沉湘怨羞把楞
嚴面壁看老病經年事事嬾呼童唯訊竹平安

燈夕即事

冷落園扉晚不關茗煙迴出竹林間熳殘黃獨僧
初定踏遍青苔客未還燈影終嫌霜月澹花枝應
怯冷風頑每嫌村鼓連宵鬧不許山齋夢獨閒

春日感作

梅花落盡滿荒園曉看簷前積雨痕暖氣不生枯

木葉春風空到竹籬門息心終自依禪侶謂雪樵和尚

避地還須洽隱淪指磐湖痛哭太平耕種日夜來鷄

犬靜無喧

瞻六堂集卷上終

瞻六堂集卷下

明揭陽羅萬傑貞卿甫著

曾孫廷祥校錄

元孫楨侯編輯

正佐刋訂

顓

楨倌

楨仁同校刋

五言絕句二十二首

題自畫扇水墨桂花

傲骨秋來瘦幽香月裡生嫣然重一笑不肯作傾城

自畫墨菊贈公眘

攲斜高士影憔悴騷人䰟不受衆欣憐遠神先自得

古離別三首

送別垂楊下淚沾樹上花曉風吹不盡飄泊到天涯

天涯忽已遠日暮心如焚盼望空階下寒山隔彩
雲
綵雲撩亂飛去作相思夢覺來縈妾腸閒把玉簫
弄

贈別

大秦明月珠絶寶世間無開匣持相贈照君錦氍
毹

渡淮

浮雲嶺外色落日旅中心辛苦問淮水客愁孰淺

深

五仄體夏日偶成

暑氣入嫩桝落日映翠竹濁卧北牖下待得荔子熟

春夜不寐步月偶成回文一首

簾捲風花落徑遮露草深嚴更催短夢皎月對閒心

西來意以下入山後作

雲來竹影暗雨過松聲涼若問西來意溪深杓柄

長

偶題二首

生計巖前樹素交雲外山愁來天地老醉去古今閒

心對寒灰死形同槁葉凋鷄談共椰栗蝶夢付團蕉

壬辰除夜有引

歲行盡矣空山閒寂四十忽過學道無成

偶讀子美守歲詩云四十明朝過飛騰暮

景斜不覺惻然因用爲韻成詩十絶
折肱已更三立壁惟餘四一副光皮囊逢場且作
戲
蚕年漫學數不識五和十挾策問君平噬臍悔莫
及
冷落茅簷下殘缸剔半明梅花瘦比我窻外影交
橫
生死同醒睡亦如夕復朝須知根本地原不屬增
消

短髮颯風吹盛年逝水過古今夢幾廻靜眼忽窺破

蟄鱗盡屈伏倦翮自低飛嵐氣晚來重呼童掩竹扉

候火夜鐺熳松風數沸騰茶煙輕裊裊廻出白雲層

徘徊苔徑深徙倚林光暮爆竹響空山棲禽驚不度

臥雲枕澗流跂石蔭踈景清磬數聲中悠然發深

省

夜靜燈花落天寒香篆斜齋廚缺芝朮釜甑任塵

沙

七言絶句 四十二首

竹枝詞三首

木蘭花映木蘭舟花自妖嬌水自流貪看堤間楊柳色不知舟落小灘頭

小姬釀酒喚人嘗玉盌擎來撲鼻香門前五尺垂絲柳繫盡江南年少腸

輕紈五丈細如絺剪就單衫著地垂江濱日暖渾無事火伴相邀賭荔枝

幽燕老將歌

曾共嫖姚擒可汗至今刀暗血猶丹壯心不逐年華盡夜夜旄頭拂劍看

少年行二首

陌上如煙俠少遊金鑣駿馬白狐裘鳴鞭轉入柳堤去無數楊花撲紫騮

春風同醉酒家胡據坐狂歌意氣麁抛卻酒錢不用數臨行猶自盼當壚

秋興

一瓶濁酒竹床邊潦倒狂夫長自憐醉卧不知秋

色盡西風憔悴菊花天

下第出都呈南歸諸友五首

燕山落日盼歸程臺上千金弔郭卿自是君王憐駿骨駑駘何敢濫時名

敝却貂裘耐却塵春風回首易沾巾囊中賸有酒錢在羞說當年問舌人

長鋏驅馳日色沈一樽對影倍蕭森憑將燕市和歌淚灑到陵陽石裏心

征鞍無處不飛沙漸覺林光散晚霞去去燕雲携

滿袖行行嚬月落誰家
夾道輕烟暖拍堤春山障眼客魂迷野花不及垂
楊色並與茸茸綴馬蹄

風雨篇四首 有引

辛未被放南歸舟中阻風雨者累日偶讀
東坡彭城詩風雨蕭蕭已斷魂之句因憶
幼時與家仲氏聯床風雨之夕悵然有感
遂成四絶題曰風雨篇

楊花飛盡散孤村遠客歸思勞夢魂歛桃自憐春

色晩滿江風雨一燈昏

風吹暮雨透輕寒落日扁舟繫未安遥想故園春草色祇今猶作夢中看

風自蕭颼雨自愁望來雲氣每疑秋登臨畏向高原去恐有鶺鴒在上頭

江風陣陣雨霏霏滿目浮雲白日微尚憶聯床舊有約不知玆夕願先違

題畫

朱顏華髮是耶非芒屩無心野鹿肥我亦從來躭

酒興借君筇杖醉扶歸

冬日美人蕉與池畔梅花對植偶作二首

怯寒貪睡意遲遲掩映疎櫺影若私肯與老梅爲近侍呼他名字綠衣兒

綠鬟朱靨自爲春粧罷從教曉露嗔一夕寒飇連夕雨可憐憔悴捧心人

新嘉驛署舊有會稽女子留題三絶悽婉動人予以戊寅暮春過宿其處則辟間之句已磨滅不可復識矣感慨之餘仍和韻弔

之

可是芳心化作塵耶能頻憶夢中身生憎繡幙花間蝶不逐東風戀暮春

不須絕調與同遊薄命終憐恨已悠可惜堦前今夜月無人空自上簾鈎

墨迹歌殘知爲誰未成短韻先成悲數聲啼鴂怨芳艸不是閨人亦淚垂

奉使荆回宿萬安僧舍次壁間韻

征衣猶帶洞庭沙閱盡殘冬未見家野寺寒燈獨

卧處關心一夜到梅花

齊昌邸中送朗潤上人還山

離亭草色正芳菲落日斜陽把客衣回首故山杳

靄外斷雲應傍錫聲飛

山中答邑令二首 以下入山後作

竹馬迎來冬日溫條風遠拂隴頭村首陽亦屬周

疆里敢道食薇不是恩

一掃浮氛今已清八家鷄犬月中行道人只合孤

峯頂卧聽康衢擊壤聲

山居襍詩八首

嵯峨石筍倚雲裁樵徑無人任野苔最愛東峰明
月色夜深斜入板扉來

冷落柴扉晚不扃爨煙遥映夕嵐青芒鞋轉入茅
岡去折得梅花插膽瓶

杖藜望入晚煙空碧巘蒼巖指顧中短後應隨拾
栗老長歌不數採芝翁

手植梅花近百株青山從此變芬敷兎葵燕麥渾
無賴摇蕩春風總讓渠

欲沽村釀餉山樵短樹槎枒暫掛瓢習懶愈成枯
寐僻經旬不赴野人招
漫將生計託長鑱總被時人笑老憨造物亦憐客
衲薄嚴霜飛不到茅菴
荒岡草色入秋殘帶露松聲徹夜寒獨坐擁衾無
一事挑燈簡取佛經看
半鉤斜月掛巖屏香篆初殘夢已醒横按一枝無
孔笛峰前吹與石人聽

閱五子山圖寄贈無用上人

邈得層峰結勝緣青山似欲嬲枯禪他時了卻芒鞋債襆被來尋絕頂眠

贈黃檗山僧

小縛團蕉竹澗邊此心何事不悠然貪他清味耐他苦黃檗山中住十年

謝客

白雲堆裏數峰[illegible][illegible]謝時人撥草尋便欲出頭來合伴恐違當日[illegible]山心

苦熱病中口占

溽暑何曾覓病翁汗衫脱却引清風山間自有納
涼處燒藥爐頭火正紅

桃子坪

無數桃花傍嶺生茅簷低與白雲平樵歌轉入深
林裏忽亂堦前流水聲

崎溜下

尋幽不憚徑途艱行到水窮雲起山一帶梨花聞
犬吠人家近在翠微間

高岇

絕頂平天一線通野僧耕鑿白雲中解衣稍憩松
林晚萬疊亂山夕照紅

和平波道人原韻

碧水青山指點中秋光澹處暮雲濃平擔柳標千
峰去極目滄波感慨同

六言絶句十六首

九日

梧葉無風亦落　菊花帶雨猶開
那堪此日憔悴　更被笛聲吹來

瞻六堂即事十首

一間陋室容膝　幾種幽花悃衷
此是痴人雅福　閒誰清夢能同

往跡悠悠幾許　浮生擾擾何心
無邊樹色遠近　不盡溪流淺深

顛須從衆呼應熱不因人轉移此意非關傲俗由
來癖性難醫
灌園不是逃世荷插堪稱達生喧寂都饒至理醉
醒各具深情
香焚一室宜靜月到中庭漸幽蝶夢初生榻上鶯
聲忽過枝頭
清宵靜几相對落日茅簷自閒知已何如濁酒素
交那似青山
有樹偏宜水映無花不傍欄開香殘偶值僧去茗

欻恰逢客來

閱物一雙醒眼藏身數卷奇書休言世事蕉鹿輸

與神僊蠹魚

低棋屢倖先着拙飲常推後乾說甚正襟危坐𦦨

他袖手旁觀

一門以内師友十畝之間軸邁講易先求麗澤讀

詩欲廢蓼莪

偶作以下入山後作

坡公借地種菜龎老携家入山休把古人比我同

床夢不相關

秋夜坐月偶成四首

爐煙細細浮几花影離離搖窻過眼浮雲一點照襟明月千江

常依木石習靜頗愛禽魚與偕勺水幽涵雅趣青山澹入高懷

兀坐蒲團一個啜餘茗粥七甌竹色偏宜靜夜松聲最喜清秋

託曠觀以適性聊縱目而怡顏閒隨圖一兩酬答動

與太虛往還

瞻六堂文集賸稿

文共十三首

族叔某翁八一壽序

商飈報爽皎露凝輝樵子方墐户習禪寐忽聞剝啄聲則吾宗人踵門請曰維兹仲秋之望爲吾族叔某翁八一覽揆之辰諸子姓謀乞一言以佐觴祝君將何以命之予曰至敬無文父黨無容夫東海巨棗西池蟠桃卮言無當非吾儕所宜侈陳尊長之前者也且余杜口罷邪久矣無已則資諸君

爲裨諶予獲與寓目焉將擇其質而近情者以獻於是爲翁之昆弟行者若而人首颺言曰天地醇龎貞固之氣其被於庶類也每視其所受之器以爲予故注焉而不湍酌焉而不竭者其所受之量過於所與之數也翁慷慨樸直與物無競晚歲身遭喪亂間關險難而任運安命不傷性不滑和則所受與人殊也所受與人殊則天所以予之者亦與人異循是而躋期頤登上壽猶掇之也八袠何足多焉是翁之所以壽者其得諸天者厚也敢以

為翁祝既而為翁之子行者苦而人次賡言曰根
壯者葉茂源濬者流長[illegible]生也一寸之萌
蔓草壓之牛羊踐之自拱[illegible]抱經幾十百
寒燠而後干霄拂雲亭亭[illegible]也岷嶓之脈
始發也蠕蠕焉爾其濫觴於[illegible]渭而放乎湖海經
幾十百瀠洄而後涵湧澎湃[illegible]天浴日觀者嘆望
洋焉翁大父某公名儒宿學父某公隱德遐齡世
載其休翁躬稟燕翼步趨言動先軌是師故古之優
游暮景耳目聰明精神健王豈蒲柳之姿溝澮之

流可並哉是翁之所以壽者其得諸先世之澤者深也敢以爲翁祝又繼而爲翁之孫行者若而人三頌言曰凡物疾速者易盡而遲鈍者可久惟人亦然翁早歲艱嗣年近半百始得子業遲矣乃今有孫三蘭玉繞膝當翁倦勤之日某膂力方剛操持家秉尚當翁意則遲之效也某攻業不就藜藿布褐鈍矣乃其事親也甘毳滫瀡備物致養不以貧賤爲懈視富貴而有親不逮事與事之不盡其歡者大逕庭矣以祿養何如以善養則鈍之效也

是翁之所以壽者其得諸子孫之承順者尤至也
敢以爲翁祝語既樵子肅容起拜曰三言者質而
近情美莫加焉予無能爲東里子産矣遂述其詞
以佐觴

敬社序

傳曰敬德之聚也能敬必有德夫子以善交許晏平仲而稱久而敬之則敬也者乃交友中第一義也君子無不敬也敬身爲大則友也者吾人之第二身也能敬則爲真身爲大身爲天地倚賴之身爲萬刼不壞之身不能敬則爲渺身爲幻身爲垢穢叢集之身爲露雷速化之身可不慎與當知敬之一字上接危微精一之傳下逮濂洛關閩莫不凛爲師保奉若著龜吾黨爲學靜而操存動而省

察内不放逸外絕狎侮與夫持躬淑世忠君愛親無非此物此志而敬業樂羣親師益友又其餘也晚近風偷性命之朋絕聞世利之交迭興翻雲覆雨靡不鮮終所謂披肝瀝胆仗義執言者祇以便其私也而一二憤世嫉俗者流褰裳高舉如獐獨跳生峻龍門死弔青蠅則復往往少出門之功失他山之助究且與比匪逐臭之倫同類共義表石公云古今只四倫大抵缺朋友信斯言也則易演麗澤詩咏嚶鳴皆爲迂談而管鮑雷陳之鬼不幾

揶揄人於地下耶故今日而有士焉敦篤行誼砥礪名譽講世好於壇坫聯異姓爲壎篪亦猶行古之道也太上道德其次文藝總之不離乎敬邑諸友訂文會之盟以敬名社予長子基升與焉因爲弁其端以詔之若此

貞社序

今天下綦重朋友矣顧友之爲道以人合者也君父兄以天合者也以天合者易以暱以人合者易以睽故從來聲氣之塲可掖而成亦可靡而敗非深心篤行之士風雨雞鳴干禹相詔烏能致攻錯之益而召和平之聽哉傳曰不信乎友弗獲乎上精神者拜獻之羔鴈也積精歛神以答筐旨之求者比肩事主之所願也援桴以鼓不若萬竅之怒號也桔槔以漑不若衆澍之沾濡也精神動於下

則泰交見於上天人參半焉古之人稱善交者不一有以異爲同者如范文正之於尹師魯是也有以嚴爲寬者如諸葛武侯之於法孝直是也有以疎爲密者如劉元城之於司馬溫公是也有以糾爲薦者如歐陽文忠之於包孝肅是也總之先國家而後身名急公義而緩私交其趨一也其或立意見矜氣魄爭門戶護局面始焉齟齬於同人究且貽憂於君父不亦羞朝廷而見誚於冥行獨往之夫耶邑中孝廉某諸君訂會以貞爲名問序於

予惟貞之義居乾德之終於四時爲冬於五行爲土於五常爲信信也者論交善物也諸君異日或籍金閨或膺民社階地既殊事勢亦別要以始終不渝顯晦靡忒切磋觀型期收獲上信友之效庶無負於命名之意云爾

苦竹山房草序

趙子幼文裒其所著詩文若干卷題曰苦竹山房草託予猶孫轉示予且以序言見屬予硯北舊業久已邈荒烏敢謬相然贊以重予過第聞幼文爲人事親孝處友恭高義薄雲錦心映日其至性綽有過人處發而爲詩歌古文辭真篤古澹淹貫典雅時而煙雲澄霽時而雨雪霏微時而紳笏雍容時而笳鼓凄冽要以抒寫其胸中之誠然而發揮乎性情之所不容已非乞靈風華借粧月露者所

能窺測其涯涘也幼文之詩文幼文之至性爲之也予壯歲羅難落髮空山鏟跡銷聲謝絶塵世者三十餘年於茲矣不知幼文何所聞見而跡我於山舍間執禮甚卑時值予他出竟不獲面與盡而歸歸時聞猶喃喃道中不置也豈以予鄙髦猶足以語斐然之業乎抑别有所取乎予以爲文章一道可以鐫金石而泣鬼神針芥水乳往往不謀而合其聲光氣誼固已卓立於六通四闢之途而孤行於尋常行墨之外非苟焉而已也以幼文之積

學偉才歷覽奇勝當必有灑然於懷抱間者不盡洩不止也異日者出其吉光片羽於以黼黻廊廟鼓吹休明庶幾覿面遇之又何孜孜然索予枯槁寂寞之言以弁首簡耶夫序三都者不足以重三都而三都之賦自足爲人世所取重則予雖無言可也

修祖祠族譜引

祖祠自庚子年重建即有吉祥善事起而應之如孝廉明經茂才班班輩出而賦額丁口豐羸繁衍倍增於舊謂非祖靈之庇曷臻此哉但草昧經營功虧一簣及今不修將歲月滋久風雨飄揺且棟折榱崩患貽几筵不亦隳前功而恫先靈耶於是族諸父咸詔不肖力倡是舉以爲宗人先不肖義何敢辭惟願各懷水木之思用申涓滴之助急續前修而整飭之毋俾宫墻荆榛香煙凄斷至令人

過而指之曰此牛圈豕柙耳以重吾族人不孝之罪則幸甚矣至族譜之修業已百年邇因兵燹舊牒無存今則向子孫以詢其祖考諱字且有茫然不能應者久之而支分派別或有莫辨其長幼之序等殺之誼者矣親睦之道莫此爲先是尤所當繼修祠而舉者也不肖雖老無用願樂觀厥成焉是爲引

揭庠生謝名選暨妻陳氏妹純玉孝烈合傳

揭邑庠生謝名選字欽甫潮陽之玉路鄉人也少能文負氣節余嘗器之其父士英爲郡學生學淵源而教有義方患濱海寇侵因僑居於揭母李氏素諳經史丙子季秋山寇告警母慮將及難遂抱石沉河名選號慟拯救既甦母歷舉往昔名媛處變不辱芳規耿耿惟期一死且曰此際之死死賢於生及寇至邑破母命名選逃名選不忍去既而闔室被拘母謂名選妻陳氏及女純玉曰宜速自

壽母緩須臾致貽後恨陳氏亟棄兒於地猛偕投
繯賊覺奔至以刃割其繩母及陳氏俱絶惟純玉
尚餘喘息齒囓舌舌斷亦死嗚呼微特母賢女媳
俱迥出尋常萬萬矣賊廹名選負三屍自城下名
選痛哭籲天願死作厲鬼以褫賊魄賊初入營憤
名選之阻其兆也露刃喝之曰爾家有烈婦汝亦
將爲俠男子乎名選罵益厲賊怒剸腹及頸而死
一門之内四難同時聞者無不眥裂父士英與猶
子上選重晳爲賊分縶別營聞其家以孝烈死亦

遂義而釋之嗚呼取義成仁雖甚非類猶有感焉既而賊果爲他寇併戮眞有若名選之手誅者尤奇母以殘索之餘置屍城下絶而復蘇會數老嫗見而問之僞爲乞者挾與俱歸月餘始至其鄉偹諸艱辛克全身名每隱隱似有陰扶謂非名選而何名選死後猶聞能來人間嘗見於鐵陽逆旅言貌慷慨如生選信人傑没亦雄耳邑僧海德將聚賊所殺人屍以薤欽陳氏與純玉之守義而死也爲殮其屍而特揜之亂稍定引其父收之時氷輝

已三圓矣啟殯則貞容如生玉質無損嗚呼此誠所謂浩然長存不依形而立不隨死而亡者與余雖鏟跡茶山已不與人間得失惟於忠孝大節不能默然況名選尤余之向所心識而罷重者耶懼亂而或失其姓氏也亟傳次之以俟後之覿人風者焉

論曰嗚呼甲申之變　先帝身殉社稷爾時忠臣義士或在廷慷慨罵賊或疆埸齒劍如歸或逃、鼇世入山蹈海莫不忠義奮發志節較然以故極標於上而化逮於下膠庠之彦巾幗之英爲子死孝爲婦死節者不一而足使天下萬世知綱常名教之重有不容以一息泯没者得非祖宗尊賢敬士之報與噫觀名選之就義純王之自戕雖古人之握拳透爪嚙齒穿齦者又何加焉

邱隱君小傳并贊

有芥函上人者閩之永定人也妙齡出家留心祖道自閩來謁磐湖和尚每以己躬下事晰夕咨叩殆無虛時予亦竊他山之益焉一日忽來告别云某甲擬以某日回籍爲先嚴襄大事且出其父用我公行實一紙長跽予前而請曰願賜一言以俾不朽予辭不獲乃展讀其狀君姓邱氏諱某用我其别號也素行質直夙爲鄉黨所稱少年力學未竟厥志事二人以孝聞尤精岐黄術家藏藥劑遇

病者輒以施之竟弗索值所活老幼無筭與厥配
齊眉偕老有冀鈌梁鴻之遺風焉生子五人皆英
特雋發予固不識隱君然觀上人操行恬樸居恒
恂恂不妄言笑則所以道其父者可諗知其非誇
也噫審若是是亦可以傳也已乃爲之贊曰
世道弱喪斲樸漓醇不有典型古處曷敦宛彼
龍嵩皤然一老砥行肅躬履道自考幼攻舉業
數奇弗售美富内藏厥積彌厚夙興夜寐以事
二人溫清定省必躬必親修之於家其則不遠

至孝横塞宗黨視眄晚精難經國手著譽家蓄
刀圭濟人無數帝歆厥德將大其門錫以蕃肩
裕及後昆振振家駒竇桂荀龍後來之秀跨釜
亢宗爰有白眉厭塵世相篤志出家矢報鞠養
一念精誠卜達九京刲伊至性能閒幽冥必然
玄扃一笑而起不知其父請視其子

優婆夷行清羅八姑小傳

予往考烈女傳至魯陶嬰事誦黃鵠之歌悼所遇之不幸未嘗不涕簌簌下也迨閱傳燈錄見所載秦國夫人等其見地密圓機鋒敏捷有老師者宿所不及而貞操大節反似以禪學掩者始知兩儀清淑之氣特間鍾於婦人女子而世所共詫以為不幸者固造物之所以為大幸者也晚近風靡羞稱節義若乃茹茶集蓼遺世出塵此在血性奇男子猶難之况厚望於閨闥弱質耶予於吾族女羅

八姑見其八父按姑生於大埔縣湖寮鄉大父宏所公以明經起家教諭世有令德家範夙敦姑幼禀遺訓素嫻姆儀年十八適同鄉憲副及泉黃公曾孫一濟爲妻十九歲夫歿姑哀毀盡禮矢志守節服闋慮家人之將奪其志也遂屏却笄飾蔬食持戒願投空門值里人木陳和尚母賴氏出家爲比丘尼乃往依之承事精勤服勞無怠不啻師徒而母子焉木陳師既嗣法天童歸里省親欽姑峻節爲安法名曰行清表特操也姑又捐脫簪珥創

慈雲菴於黃氏祖居側祀大士像偕其同志優婆
夷數十人朝夕焚修龕火經聲常徹晝夜殆將舉
五十餘年所閱一切榮枯順逆悲歡得喪盡付水
泡空花惟一句伽陀提撕勿懈而予於是益以爲
姑之操行實有出於尋常耳目之外者以恒情論
姑妙齡失天煢煢靡依非誓堅金石鮮不搖念而
艱貞備嘗有人世所不堪者人孰不爲姑難而姑
特處之裕如若不知有孀嫠之苦即黃羅兩姓父
兄子弟卒未聞以姑之苦節上諸當道勒之貞珉

者豈亦習見姑安恬順適樂天知命以爲固然而不自覺耶今歲三月予行脚至湖寮以諸父行見姑於靜室覩其被服質素秉性慈和已諗知其爲蓮花座上人而冰雪清操則尤足令人讚嘆景仰耳昔曹大家以孀婦續漢史出入宮壼皇后貴人請事爲師而衡陽龎蘊深悟禪宗數與丹霞趙州諸尊宿酬答辯難饒有至理此皆彤史紀爲佳話以姑方之可謂兼有其美者矣予故闡而出之以俟採風者擇焉且以續傳燈之後跋云爾

重建揭陽縣官署記

國家設官分職綏乂兆人畿郡州邑星羅碁布莫不有崇墉邃宇宅中嚮明以敷政治所以示有尊也而傳舍其官者輒視其地爲蘧廬高者託言靜鎮循茅土之舊安坐待遷卑卑者流且借營繕名目克彼私囊政日龐而俗日敝故觀治署之修廢而政事之得失可知已我揭邑僻處海濱昔稱樂國際鼎革後屢罹寇變乙未秋賊艘壓城大肆焚刼延及縣署悉爲煨燼嗣是邑長皆僦屋以棲庳

陋湫隘無以表壯麗而肅瞻聽十餘年間令數更
甚者獲譴以去青烏家咸追咎於中宮邱墟致蹈
斯患或倡改圖輙復苦於物力蕭索以爲時詘舉
嬴獨奈何以此而厲我黔首爲則又缺然中止迨
我晉水張侯以仁心敏才來涖兹土提孱植仆百
廢俱舉念治所之荒榛慨然以興復爲已任進諸
縉紳父老相與策畫其事衆聞歡應如同一口爰
請當道而報可焉乃於某年月鳩工庀材諏日經
始不動公帑不責贖鍰而庶民子來爭輸恐後不

石土甓不脛而馳麕集於堦下閱數月而前堂後寢以洎廊廡門譙庖湢之屬次第落成予於是益信王道之可爲而至誠者之動物速也方事之始基也不以爲道傍之築則以爲無米之炊議不必行行不必成成不必亟乃竟從刼灰秦火之餘頓覩鳥革翬飛之盛都人士嘖嘖嘆異以爲天造地設神輸鬼運而成豈非張侯恩德入人之深故無煩智籠術馭而上作下應捷若桴鼓者乎矧由此而輪奐鼎新氣運休明士習振興民風丕變張侯

之功尤有大於是者耶余劇跡巖谷世事俱麽樂
聞張侯之能以王道牖我民也遂不辭固陋而爲
之記

募重建磐湖慈雲菴疏

紫雲白氣幻出法派横枝枯木寒巖燒殺釘樁俗漢閒人酬之福地勝果假以良因磐湖慈雲菴者舊爲黄氏别業而優婆夷行清道人特捐貲售之更爲梵宮以祀普門大士金像者也指出古佛插草而成寶刹劈破青山布金已建精藍猲獠村中快睹龍象蹴踏猻兎窟裏突聞獅子嚬呻可謂克紹臺山之規繩親承補巖之記莂矣於是浮欃樵子過而慕焉踢倒淨瓶不怕石頭路滑展開鉢子

邪曾洞口雲封就深公以買山做遠師而結社橫擔榔栗覔鷓鴣之遺巢小縛團蕉溫蝴蝶之舊夢坐孤峯頂上抹月批風向磐湖波心拏雲暖浪一雙赤手化現妙喜之宮十笏蝸廬滿數燈王之座剗堂前之草蔦透老衲元機合浮屠之尖端藉檀那鼎力抖擻形山之寶揭露衣領之珠捨虎邱之千間幸續王珣芳躅擲湘流之萬貫共羨龐蘊高風一簣終能覆山泥丸請以封谷急須巨靈神斧之解盧至慳囊

病中禮懺疏

伏以業緣本成空衆生迷幻影以成妄相罪性無所住諸佛示方便而開懺門譬浣垢衣於淨波衣便鮮潔如移瘠樹於沃土樹益敷榮欲洗曠天刼寃仐憑不思議力伏念某久違覺海深逐迷流凡十載馳騖紛華之場百千七亭滯纖濁之地如渴鹿之趂陽燄倏東倏西同共轟之處淤泥頭出頭沒在家在鄉在國尠一善之足稱負君負親負師真九死之莫贖長恨染塵太早自嗟入道已遲疾

病連年空餘瘦骨挨床褥憂患卒歲剩有顛毛耐雪霜蓋造業者身身在則業縛而緣生者念念續而生存似新火之遞傳等水波之不息苟弗本諸真諦則染心者不磨或不滅此妄緣則後報者常在伏玆清淨大衆恭宣懺摩明文稽首投誠無求不應至心皈命有叩斯通若父母之怒逆兒賴儛叟曲爲勸解猶化工之刋朽木籍場師重加栽培吹暖律於寒灰回陽春於幽谷敢冀法輪常轉竚看慧日普輝報德祇拈五分香滌愆惟資三昧水

伏祈災屯咸遣孽障悉除三業自此純和六根即
時清淨永斷愚痴眩惑盡祛夢幻空華願豎精進
幢被息辱鎧作宗門之貳師擔同頻加鳥附婆竭
龍充梵刹之下隷

祭孫戒菴文

士不幸而生衰俗值亂世乃能知幾識微潔身高蹈茹芝拾橡麋豕爲羣蟬蜕汚泥之中皭然不滓跡雖近放而心則逾苦噫亦綦難矣惟我戒菴沉姿厚質慧性淵衷童子時峅然自異弱冠與予同遊泮才名籍甚予每遜弗如顔蘇戰屢蹶回翔膠庠中十有餘年迨壬午始捷鄉闈公車北上中途聞京師戒嚴會塲改期遂回軫南邁嗣是而國運滄桑家園蕩析固已絶意進取邱壑自怡築一畝

之宮長齋佛前日與山僧野叟焚修功課樹藝種植耳絶輪蹄之音目鮮紛華之色若將終身焉予嘗有詩壽翁云静裏生涯資竹樹閙中經濟課雲煙盎實錄也翁每過余山中輒留數晨夕劇談闊論皆世外事未嘗置榮枯得喪於齒頰間也今春小女于歸於翁之長郎予聞翁動定躩躒殊甚爲之色喜不意雲軿遄迅蚤迎翁歸安養矣嗚呼痛哉自喪亂來士大夫慴於驚飈震霆之交加站脚不定從風而靡比比然也孰能擔墓劃名嵌光藏

采作泉石膏肓乎予皇皇求友得翁一人志同道
合以爲末後一叚有所倚仗擭脱塵韁凡鎻而今
已矣嗟乎世之人徒見翁隱居獨善淡泊盟心僅
目之爲高人爲清士而不知翁忠君愛國之誠悲
天憫人之感鰛結於中而偶發紓於長林豐草之
間嶔崎歷落之際也故以逃禪侫佛當蒼梧鼎湖
之悲以鐘魚梵唄當黍離麥秀之謡以衲子田夫
當新亭對泣之侶其一叚隱衷苦志翁自知之而
不欲人知之予亦心喻之而不欲對翁明言之而

今始向翁一述之若夫世運之平陂家貲之盈嗇子孫之賢愚功名之顯晦壽世之延促如浮雲春夢轉盼成空翁已能了死生忘人我矣予亦何必以種種俗諦嘵嘵然更相慰藉而混化者之聽哉

祭啟孟姪文

嗚呼君已矣吾族之所厚期於君者亦已矣憶乙酉秋里氛肆毒吾族幾隕君以英偉奇杰之姿夙負澄清之志乃委身幕府投筆從戎間關阻險卧革枕戈積勞八載卒能剪滅强讐光復故土是君之大有造於族也嗣是之後君築堡下壩予避地荼陽相去數百里間或聚首深談即以殘孽未靖患切剝膚欲使一方蒙袵席之安須令門庭絶叢棘之礙壯懷鋭氣翃翃然見於眉宇詞色間雖予

老憊龍鍾之人挹其神采亦爲之振聳焉今春山寇告警勢且蔓延君奉軍符奮不顧身深入賊壘悞中奸計遂及於難予初聞變而疑既而驚終而號痛積寃淚盡而繼之以血也噫君已矣君之德澤在宗族聲譽在鄉閭勳伐在朝廷固不容以汝汝又有二丈夫子皆岐嶷頴秀頭角崢嶸各具食牛之氣異時必能續父未竟之業且人誰無死懦夫稚子憂勞疾病呻吟床褥沾沾作兒女態無常催促如落湯螃蠏手忙脚亂孰與夫扶首陷膺轟

轟轟烈烈爲國殤厲鬼縱死猶聞俠骨香也大丈夫
寧爲玉碎勿爲瓦全君亦可貽笑泉壤所恨者欃
槍未掃井里邱墟兵寇交訌鄉族騷然出師未捷
身先死常使英雄淚滿襟是予之旣爲君恨者而
又以爲我族人恨也人耶天耶數耶偶耶夫孰爲
之而使至於此也予且奈之何哉嗚呼魂兮歸來
其尚能駕雲車以戾止而鑒予兹一觴者乎

瞻六堂集卷下終

先高祖文節先生以崇正甲戌進士任吏垣，
政方以憂家居聞寇犯燕京　莊烈帝殉社稷
輙毀家約同志募兵勤國及事不果慟哭入深
山以緇素終其身嗚呼　公之孤忠大節而居
嶺海僻壤固仰望於當世館閣　鉅公表章青
簡至其所遺計遭屯蹇者垂三十年凡有撰著
以兵燹轉徙放逸不全且麥秀之唫多隣哀楚
先君子在日每痛大德之未揚常督伯子搜
集校讎梓以垂後又緣官轍屢遷未竟所願乃

不數年而　父兄皆捐館舍嗟予小子何敢諉
忘去秋過吳門親賫以質諸　歸愚沈宗伯得
蒙訂可謂當亟梓以俟表揚忠節者而絡渠弟
素有同心襄我綿力由是始克踵　先君子無
忘先德之志亦以罄予挈瓶之智得兢兢於勿
敢失墜但書梓成而　父兄皆不及見一撫遺
編輒唏嘘感泣又有不知涕泗之所從來者矣
時乙酉夏五月元孫正佐拜手謹識